JN144795

1ねん おもしろ たんていだん
とりはだは
どうやったらつくれる？
作 川北亮司 絵 羽尻利門
新日本出版社

1. かみなり　ピカッ！

六(ろく)がつになって、たのしい　プールの　じゅぎょうが　はじまりました。

でも　きょうは、あさから　くもっています。かぜが　つよくて、いまにも　あめが　ふりそうです。

一ねん一くみの　きょうしつでは、ゆいと　しょうたと
だいちが、まどから　そらを　みていました。
「きょう、プール　あると　おもう？」
ゆいが　きくと、しょうたは　へんな　かおをしました。
「ゆい、おまえ　だいじょうぶか？　プールは　あるぞ。き
えたりしないぞ」
だいちが、「くくくっ」と　わらったので、ゆいも　つら
れて　わらいました。
そのとき、あおいが　きょうしつに　はしってきました。

1年生

「プールの
じゅぎょうは、
あるって！
はなみせんせいが
いってたよ」

ゆいは、にこにこして　あおいと　ハイタッチをしました。

ゆいたちは、きょうしつで　みずぎに　きがえると、プールに　むかいました。

ゆいたちの　しょうがっこうは、せいとが　ぜんぶで　三十九にんです。

にんずうが　すくないので、プールは　一ねんから　六ねんまで　みんなで　いっしょの　じゅぎょうです。

じゅんびたいそうをしてから、はなみせんせいが　いいました。
「これから、じゅんばんに　おしえるので、ゴーグルを　つけてください」
プールが　だいすきな　ゆいは、うれしくて　たまりません。
ゴーグルを　つけると、すぐに　みずに　はいりました。
あおいと　だいちも　あとに　つづきました。
ところが、みずが　きらいな　しょうたは、さっきから　ぐずぐずしています。

「しょうたくん、はやく」

せんせいに　いわれても、なかなか　ゴーグルを　つけません。

「こわくないから、だいじょうぶだよ」

ゆいが、しょうたを　はげましました。

でも、しょうたは、いまにも　なきそうな　かおをしています。

「だいじょうぶ　だいじょうぶ」

そういって、せんせいが　みずの　なかから、てを　のばしたときでした。
ゴロゴロゴロ……。
とおくの　ほうで、かみなりの　おとが　きこえました。
「こわいーーっ!!」
ひめいを　あげたのは、三(さん)ねんせいの　おんなのこです。
ゆいは　びっくりしすぎて、プールの　みずを　のみそうに
なりました。
せんせいたちは　そうだんをすると、おおきな　こえで
みんなに　いいました。

「すぐに、プールから　でてください！」

はなみせんせいも、こえを　かけています。

「もう　おわりなの？」

「まだ、なんにも　やってないよお！」

プールの　あちこちで、こどもたちが　さわいでいます。

「はやく　きょうしつに　もどりなさい！」

はなみせんせいは、しんけんな　かおで　いいました。

ゆいたちが、いやいや　プールから　でたときです。こんどは、くらい　そらが、ピカッ!!　と、ひかりました。

3
5

「キャーーッ!!」
「やだーーっ!」

たくさんの　ひめいが、プールに　ひびきました。
すると　すぐに、
ゴロゴロゴロゴロ……。
おおきな　かみなりの　おとが　ひびいて、きゅうに　つめたい　かぜが　ふきはじめました。

2. とりはだが　できたこと　ある？

ゆいは、とりはだが　できた　うでを　さすりながら、きようしつに　とびこみました。まどの　カーテンを　しめても、そらが　ひかるのが　みえます。

「こわいよお。やだよお……」
しょうたと　だいちと　あおいが、しゃがんで　ふるえて
います。ゆいは、みんなを　はげますつもりで　いいました。
「そんなに　こわがらなくても　だいじょうぶだよ。それよ
り、みんな　きいてよ。さっき　あたしの　ここ、とりはだ
が　できたんだよ」
そういって　うでを　みせました。ところが、しょうたが
ふしぎそうに　ききました。
「とりはだって　なんだよ？」

Good Summer

ゆいは　びっくりして、しょうたの　かおを　のぞきこみました。
「しょうたは、とりにく　みたことないの？」
「たべたことは　あるぞ……」
「そうじゃなくて、ほら、とりの　かわって、ぽつぽつってなってて、そんなのが、あたしの　ここに　できたんだよ」
ゆいが　せつめいをしても、だいちも　あおいも、よくわからないようでした。
ゆいは　いえに　かえると、すぐに　おかあさんに　ききました。

「ねえねえ、とりはだって　なったことある？」

おかあさんは　ちょっと　かんがえてから、にこっとしました。

「そうねえ……、さむいときだけじゃなくて　すごく　かんどうしたときにも　できるんじゃない」

「かんどうしたときって？」

ゆいは　おもわず、ききかえしました。

「えいがとか、おんがくなんかで、ものすごく　かんどうし

名たんてい
一年生
しらべてみよう

たときよ」

ゆいは　じぶんの　へやに　いくと、えんぴつを　にぎりながら　かんがえました。

がっこうの　みんなに　とりはだを　わかってもらうには、とりはだを　つくれば　いいのです。

ゆいは　つくえの　うえに、たんていノートを　ひろげました。

『とりはだは　どうしたら　つくれるのかな？』

こんな　メモを　かきました。

ゆうごはんのとき、ゆいは　おとうさんにも　ききました。

「ねえねえ、とりはだに　なったことある？」

おとうさんは、なんだか　すごく　うれしそうに　わらいました。

「あるぞ　あるぞ。おかあさんに　はじめて　あったとき、すごい　びじんだったから　しんぞうが　ドキドキして、とりはだが　できたな」

「びじんを　みても、とりはだが　できるんだ」

ゆいが　かんしんしていると、おかあさんが　あきれた

MILK

かおで　いいました。
「はいはい。とりはだびじんです」
そういいながら　ちょっと　うれしそうでした。

3．とりはだを　つくるには？

つぎのひです。
ゆいが、みんなに　たんていノートを　みせると、あおいが　くちびるを　とがらせました。
「どうしたら　つくれるのかって　いったって、そんなの

どうやって　たんていするのよ」
ゆいは、ちいさく　うなずきました。
「きのう　おかあさんや　おとうさんに　きいたんだけど、
さむいときだけじゃなくて、いろいろあるんだって」

めでたし
めでたし
たんて
ノート

「どんなとき？」

だいちが　ききました。ゆいは　きのうの　ことを　おもいだしながら　いいました。

「えいがとか　おんがくで　かんどうしたときとか、びじんに　あったときとか……」

ゆいは、びじんが　おかあさんの　ことだとは　いえませんでした。

みんなは　ふしぎそうな　かおで、ゆいを　みつめていました。

すぐに　しょうたが　いいました。
「むずかしいこと　かんがえないで、ゆいが　そとで　はだかになって、とりはだを　つくってくれよ」
「なに　いってんのよ」
ゆいが　いやがると、あおいが　いいました。
「だったら、かんどうする　ほんを　よむとかすれば、いいんじゃないの？」
ゆいが　おもしろそうかもと、おもったときでした。はなみせんせいが　きょうしつに　はいってきました。

「おやおや？　なんの　そうだんかしら？」

ゆいが　とりはだの　ことを　せつめいすると、せんせいは、めを　ぱちぱち　させました。

「それは、たのしそうね。ちょうさの　けっかが　わかったら、せんせいにも　おしえてね」

ゆいたちは、そろって　うなずきました。


おひるやすみに、ゆいは　むしめがねを　もって、たんていノートを　ひらいていました。

たった一言が
人の心を傷つける
たった一言が
人の心を暖める

だいちと　あおいが、ノートを　のぞきこんでいます。
「かんどうって、うれしいとか　かなしいとか、いろんな
しゅるいが　あるんだよね」
「たのしいっていうのも、あるよ」
ゆいたちが、おしゃべりをしながら、かんどうした　ほん
を、いろいろ　おもいだしていたときです。
しょうたが、ほんを　もって　はしってきました。
『わらい　いっぱつ　かんどう　ギャグ』という　ほんでし
た。

しょうたは、うれしそうに　いいました。

「ぼくが　この　ほんを　よむから、とりはだが　できたら
おしえろよな」

ゆいたち三にんは、こくんと　うなずきました。

しょうたは、にやにやしながら　ほんを　ひらきました。

「ふとんが　ふっとんだ！」

よく　きく　ギャグです。

ゆいたちは、かおを　みあわせて、こまっていました。

「うひゃーっ！　ふとんが　ふっとんだ！」

わらいいっぱつ
かんどうギャグ
川北亮司 作
わらいいっぱつかんどうギャグ
このイクラ？
いくら？

かんどうして　さわいでいるのは、しょうただけです。

ゆいは、しょうたの　うでを　つかまえると、むしめがねで　かんさつしました。

でも、とりはだには　なっていませんでした。

「だめだなあ……」

ゆいが　つぶやくと、しょうたが　つぎの　ギャグを　いいました。

「ぶたが　ぶったおれた！」

すると、だいちが「くっ」と、わらいました。

ゆいが　いそいで　だいちの　うでを、かんさつしました。

でも、とりはだにはなっていませんでした。

「あのさ。かみなりが　なったときに、ゆいちゃんに　とりはだが　できたのは、こわかったからかも　しれないよ」

あおいが、まじめな　かおで　いいました。

4. とりはだ　できた？

つぎのひの　ひるやすみに、こんどは　こわいことを　やってみることにしました。

でも、ゆいは　じょうずに　できるか　わからなかったので、せんせいに　おてつだいを　おねがいしたのです。

あおいは　きゅうしょくを　たべてから、しんぱいになって　ゆいに　ききました。

「ねえ、せんせいは　どんな　こわいことするの？」

「それが、おしえてくれなかったんだ。おしえたら　こわくなくなるって」

ゆいは　たのしみと　こわさが、はんぶん　はんぶんでした。

きゅうしょくが　おわったあと、ゆいたちは　せんせいとやくそくした　おんがくしつに　いきました。

音楽室
音の美術館
ジュニア
コンサート
2015
Summer

ゆいの　てには、しっかりと　むしめがねが　にぎられています。

「いすに　すわって　まってれば　いいの？」

あおいが、こわそうに　あたりを　みまわしました。しょうたも　だいちも、みんな　きんちょうして　きょろきょろしています。

「ねえ、ゆいちゃん。あたし　こわいの　やめたいんだけど」

あおいが　そういったときでした。

KG
YURISUKE

おんがくしつの　ドアが、ゆっくりと　あきました。
みんなが、ドキッとして　ふりむくと、はいってきたのは、せんせいでした。
でも、せんせいは、かおを　くろい　ぬので　かくしています。
そして、だまったまま　ゆっくり　あるいてきました。
ゆいは、こわくて　どうしていいか　わかりません。
かおの　みえない　せんせいは、すこしずつ　すこしずつ、ちかづいてきます。

みんなは、いつでも　にげられるように、いすから　こしを　あげました。

そのときです。

「う、ご、く、な……」

せんせいは、おそろしい　こえで　いうと、さっと　くろい　ぬのを　とりました。

「ギャーーッ!!」

ゆいたちは、すごい　ひめいを　あげました。

だいちは　いすから　ころげおちました。

KG

あおいと　しょうたは、おんがくしつから　にげだしました。

せんせいは、おにの　おめんを　かぶっていたのです。

「わるい　こは、いねえか……。とりはだに　なったこはいねえか……」

せんせいは、こわい　こえで　いいました。ゆいは　ぶんぶんと　くびを　ふりながら、あわてて　だいちの　うでをつかみました。

「うごいちゃ、だめ！」

ゆいは　いそいで、むしめがねで　かんさつしました。でも、だいちの　うでに　とりはだは　できていません。じぶんの　うでも　とりはだには　なっていませんでした。
せんせいは　おにの　おめんを　とると、いつもの　こえで　いいました。
「とりはだは　できなかった？」
「う、うん。しっぱいしちゃった……」
ゆいが　つぶやくと、あおいと　しょうたが、おんがくしつに　もどってきました。

よく考える子
たすけあう子
がんばりぬく子
じょうぶな子

「こわすぎよーっ！」

「おしっこ　ちびったーっ！」

ゆいは、ふたりに　ききました。

「とりはだ　できた？」

ふたりは、あわてて　じぶんの　うでを　みました。

「できてないぞ」

「あたしも」

するとヽせんせいが　にこにこしながら、みんなに　いいました。

「ざんねん！　それじゃあ、せんせいは　おしごとに　もどるわね」

そういって、おんがくしつを　でていきました。

「なかなか　とりはだって、できないなあ……」

ゆいは、じぶんの　うでを　さすりながら、つぶやきました。

5. これが　とりはだ！

きょうは、また　プールの　じゅぎょうが　あるひです。このまえと　ちがって、すごく　いいてんきです。まっさおな　そらに、たいようが　ピカピカ　ひかっています。

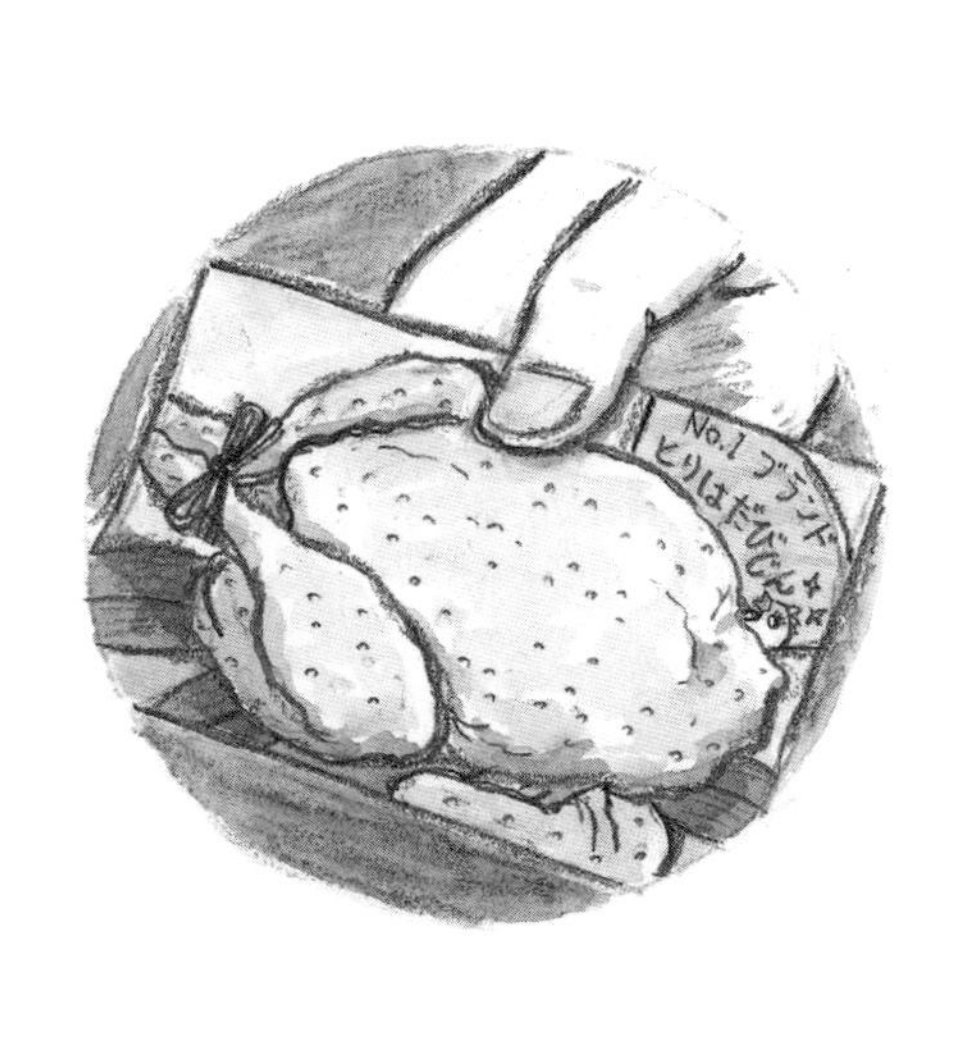

ゆいは　みずぎに　きがえながら、あたらしい　ちょうさけいかくを、みんなに　はなしました。

「きょうは、あたしが　さむくなって　とりはだつくるよ」

すると、あおいが　おどろいたように　いいました。

「ゆいちゃんて　けっこう　しつこいね。まだ、とりはだのこと　かんがえてたの？」

「うん。あたし　わからないことが　あると、きになってしょうがないんだ」

「こんな　あついひなのに、どうやって　さむくなるんだ？」
しょうたが　きくと、ゆいは　じしんたっぷりに　いいました。

カメムシ大百科
みょうがのひみつ
南の島へ
おんがくしつのなぞ
2つのひみつ
こわいよおばけ

「すいどうの　みずを　あびて　さむくなるよ」

「すげえ！」

しょうたたちが、めを　まるくしたときです。はなみせんせいが、きょうしつに　はいってきました。

せんせいは、みんなに　一まいの　しゃしんを　みせました。

「これが　とりはだよ」

「わあっ！　せんせいの　とりはだ、すごい！」

ゆいが　おどろくと、せんせいは　たのしそうに　いいました。

「せんせいのじゃないわよ。ほんものの　にわとりさんのとりはだよ。おにくやさんで　しゃしんを　とらせてもらったの」

ゆいたちは　しゃしんを　のぞきこみました。みんなはほんものの「とりはだ」を、しっかりと　かんさつしたのでした。

ゆいたちは、プールが　だいすきです。

ゆいと　あおいと　だいちは、すこし　およげます。でも、しょうたは　みずが　こわくて、一センチも　およげません。
そんな　しょうたを、ゆいは　からかいました。
「もし　みんなで　ふねに　のってて、ふねに　あながあいて　しずんだら、いきていられる　ひとは　だれ？」
「はい、はい！」
あおいと　だいちと　しょうたが、げんきよく　てをあげました。
「なんで　しょうたが　てを　あげるのよ。およげなかったら、いきてらんないんだよ」

「ふねに　つかまってるから、だいじょうぶなんだ！」

「へんなの！」

「へんじゃないさ。とりはだ　はやく　つくって　みせろよ」

しょうたに　いわれて、ゆいは　すいどうに　むかって　はしりました。

そのとき、みずぎを　きた　はなみせんせいが、やってきました。

「じゅんびたいそうは　おわりましたか？」

「はーい！」

みんなは、げんきに　てを　あげました。

「あれ？　ゆいちゃんは？」
せんせいが　きょろきょろしながら　ききました。
「とりはだを　つくりに　いったよ」
みんなは　まじめな　かおで、すいどうのほうを　ゆびさしたのでした。

作・**川北亮司**（かわきたりょうじ）
一九四七年東京都荒川区に生まれる。早稲田大学卒業。読み物に「マリア探偵社」シリーズ全25巻（岩崎書店）、「ふたごの魔法つかい」シリーズ全15巻（童心社）、『くさいはんにんをさがしだせ！』（新日本出版社）、絵本に『ぼくのいえにけがはえて』（くもん出版）、『びっくりゆうえんんち』（教育画劇）など多数。日本児童文学者協会会員。

絵・**羽尻利門**（はじりとしかど）
一九八〇年兵庫県に生まれ、京都で育つ。立命館大学国際関係学部卒業。絵本の仕事に『やめろ、スカタン！』（小学館）、『二十四節気のえほん』（ＰＨＰ研究所）他、読みものの仕事に『くさいはんにんをさがしだせ！』（新日本出版社）などがある。日本児童出版美術家連盟会員。現在、徳島県阿南市在住。

913　川北亮司・羽尻利門
とりはだは　どうやったら　つくれる？
新日本出版社
62 P　22cm
１ねん　おもしろ　たんていだん

１ねん　おもしろ　たんていだん
とりはだは　どうやったら　つくれる？

2015年5月20日　初版

作　者　川北亮司　　画　家　羽尻利門
発行者　田所　稔
発行所　株式会社　新日本出版社
〒151-0051　東京都渋谷区千駄ヶ谷4-25-6
TEL　営業03（3243）8402　編集03（3423）9323
info@shinnihon-net.co.jp　www.shinnihon-net.co.jp
振　替00130-0-13681
印　刷　光陽メディア　　製　本　小高製本

落丁・乱丁がありましたらおとりかえいたします。

ISBN978-4-406-05903-9　C8393　Printed in Japan